La petite fille qui ne souriait plus

MA PETITE VACHE A MAL AUX PATTES

Récents titres parus :

13. *L'Arbre de Joie*, de Alain M. Bergeron, illustré par Dominique Jolin. Prix Boomerang 2000.
14. *Le retour de monsieur Bardin*, de Pierre Filion, illustré par Stéphane Poulin.
15. *Le sourire volé*, de Gilles Tibo, illustré par Jean Bernèche.
16. *Le démon du mardi*, écrit et illustré par Danielle Simard.
17. *Le petit maudit*, de Gilles Tibo, illustré par Hélène Desputeaux.
18. *La Rose et le Diable*, de Cécile Gagnon, illustré par Anne Villeneuve.
19. *Les trois bonbons de Monsieur Magnani*, de Louis Émond, illustré par Stéphane Poulin.
20. *Moi et l'autre,* de Roger Poupart, illustré par Marie-Claude Favreau.
21. *La clé magique,* de Gilles Tibo, illustré par Jean Bernèche.
22. *Un cochon sous les étoiles,* écrit et illustré par Jean Lacombe.
23. *Le chien de Pavel,* de Cécile Gagnon, illustré par Leanne Franson.
24. *Frissons dans la nuit*, de Carole Montreuil, illustré par Bruno St-Aubin.
25. *Le monstre du mercredi,* écrit et illustré par Danielle Simard.
26. *La valise de monsieur Bardin,* de Pierre Filion, illustré par Stéphane Poulin.
27. *Zzzut !* de Alain M. Bergeron, illustré par Sampar.
28. *Le bal des chenilles* suivi de *Une bien mauvaise grippe* de Robert Soulières, illustré par Marie-Claude Favreau.

La petite fille qui ne souriait plus

un roman écrit par Gilles Tibo

illustré par Marie-Claude Favreau

SOULIÈRES ÉDITEUR

case postale 36563 — 598, rue Victoria,
Saint-Lambert, Québec J4P 3S8

Soulières éditeur remercie le Conseil des Arts du Canada et la SODEC de l'aide accordée à son programme de publication et reconnaît l'aide financière du gouvernement du Canada par l'entremise du Programme d'Aide au Développement de l'Industrie de l'Édition (PADIÉ) pour ses activités d'édition.

Le Conseil des Arts du Canada depuis 1957 | The Canada Council for the Arts since 1957

Patrimoine canadien Canadian Heritage

SODEC Québec

Dépôt légal: 2001
Bibliothèque nationale du Canada
Bibliothèque nationale du Québec

Données de catalogage avant publication (Canada)

Tibo, Gilles

La petite fille qui ne souriait plus
Collection ma petite vache a mal aux pattes ; 29
Pour les jeunes de 6 à 9 ans
ISBN 2-922225-58-5

I. Favreau, Marie-Claude. II. Titre. III Collection

PS8589.I267P485 2001 jC843'.54 C2001-940131-0
PS9589.I267P485 2001
PZ23.T52Pe 2001

Conception graphique de la couverture:
Annie Pencrec'h

Logo de la collection:
Caroline Merola

ISBN-2-922225-58-5

58629

À Pauline, Jocelyne,
Danielle, Sabrina,
Claude, Marlène,
Sandrine, Kim, Naïm,
Véronique, Axandra,
Mathieu, Steve,
Élisabeth, Sophie, Marc,
Lucie, Bernadette,
Blanche, Léo, Michelle,
Marie-Claude, Manon,
Johanne, Maude,
Vivianne, Hugo,
Mariette, Alexandra,
Stéphanie, Flavie,
Violaine, Rose, Alice,
Madeleine, Marie-Paule,
Henriette, Albertine,
Isabelle, Christine,
Andrée, Ninon,
Anouschka, Jean,
Marie-Pier, Eddy,
Monique, Fabienne,
Anouk, Gabrielle,
Cynthia, Claudine,
Mathilde, Joseph,
Amélie, Louis,
Sébastien, Rose-Aimée,
Noémie, Hélène, Ariane,
Jeanne, Sophie, Audrey,
Katrina, Chantal, Sylvie,
Marie, Laure...

Du même auteur
(principaux ouvrages)

Chez Soulières éditeur
Dans la collection Ma petite vache a mal aux pattes
Rouge Timide, Prix M. Christie 1999
Les yeux noirs, Prix M. Christie 2000
Le sourire volé
La clé magique
Le petit maudit

Aux Éditions Québec/Amérique
Dans la série Noémie
Le secret de madame Lumbago,
Prix du Gouverneur général (pour le texte) 1996
L'incroyable journée
La clé de l'énigme
Les sept vérités
Albert aux grandes oreilles
Le château de glace

Dans la série Le petit géant
Les cauchemars du petit géant
L'hiver du petit géant
Les voyages du petit géant

Chez Toundra-Livres
Dans la série Simon :
Simon et les flocons de neige, Prix Hibou 1989
Simon et le vent d'automne, Simon fête le printemps,
Simon et le soleil d'été, Simon et la ville de carton,
Prix du Gouverneur général (pour les illustrations) 1992,
Simon au clair de lune, Simon et la plume perdue,
Simon et la musique, Simon et la chasse aux trésors,
Simon et le petit cirque, Simon et les déguisements.

Aux Éditions Dominique et compagnie
Choupette et son petit papa
Choupette et maman Lili
Choupette et tante Loulou

1

Les secrets

Je m'appelle Nathalie. Je partage de petits secrets avec chacune de mes amies, avec chacun de mes amis. Je sais que Chantal aime Gilbert, que Gilbert a volé un crayon à Patrice, que Patrice n'aime pas Bernadette et que Bernadette porte des talons hauts pour avoir l'air plus grande que Julie. Julie est ma meilleure amie. Je connais tous ses secrets, même les plus intimes. Elle connaît tous mes secrets, sauf un seul : un terrible secret que je ne peux dire à personne.

Je partage ce terrible secret avec un adulte. Cet adulte écoute souvent la télévision avec moi. Il veut me laver lorsque je prends mon bain. Il m'achète des bonbons, des jouets et me donne de l'argent en cachette pour que je garde le silence.

Cet adulte me répète que si ma mère apprenait notre secret, elle ne m'aimerait plus et que les policiers m'enfermeraient dans une prison pour le reste de ma vie.

Cet adulte me dit que si mon père apprenait notre secret, il ne me parlerait plus jamais... jamais... jamais...

J'ai peur. Très peur. Alors je ne dis rien. Je garde les dents serrées pour ne pas raconter ce terrible secret qui me brûle la gorge.

Je ne parle presque plus.
Je ne ris plus.
Je ne souris plus.
Ma mère me demande souvent :
— Est-ce que ça va, Nathalie ?
Je réponds toujours :
— Oui, oui...
J'ai peur qu'elle ne m'aime plus si je dis la vérité.

Mon père me demande :
— Est-ce que ça va, Nathalie ?

Je ne réponds pas. Je baisse la tête et je serre les dents parce que j'ai peur que mon secret sorte tout seul de ma bouche.

2

Ma vie

Ça va de plus en plus mal dans ma vie de tous les jours. Pendant la journée, mon secret gonfle en dedans de moi. Il me bouche les yeux. Il m'empêche de lire mes livres. Il remplit mes oreilles. Je n'entends plus rien. Il remplit mon cerveau. Je suis incapable de penser à autre chose. Il m'emplit le cœur. J'ai le goût de vomir.

Ça va de plus en plus mal dans ma vie de toutes les nuits. Chaque soir, j'ai peur de me coucher. Je me recroqueville dans mon lit et je fais des cauchemars terribles. Je m'éveille en sueur. Alors j'ouvre les rideaux de ma chambre et pendant quelques minutes, je regarde dehors. Je voudrais me lancer en bas, sur le trottoir, et me briser comme une poupée.

3

Le goût de rien

Les jours et les semaines passent. Mon terrible secret prend toute la place dans mon corps. Je n'ai plus le goût de rien. Les notes de mon bulletin dégringolent. Mon père, ma mère, mon institutrice et le directeur de l'école me posent tous la même question :

— Voyons Nathalie ! Qu'est-ce qui ne va pas ?

J'ai peur qu'on ne m'aime plus. J'ai peur d'aller en prison. Alors je réponds n'importe quoi. Je dis que j'ai de la difficulté à me concentrer, que je dors mal, que j'ai mal à la tête. Je réponds aussi que j'ai des problèmes avec mes amies...

Ce ne sont que des mensonges. Mes amies veulent jouer avec moi, mais je n'ai plus le goût de rien. Je ne saute plus à la corde à danser. Je ne fais plus de ballade en vélo. Je me retrouve toute seule avec mon terrible secret. Je voudrais le cracher, le vomir, le faire sortir de ma bouche et de mon ventre. J'aimerais en parler à Julie, ma meilleure amie. Mais je sais qu'elle va le répéter à Béatrice qui le dira à Chantal et à Gilbert et à Patrice.

Ensuite, plus personne ne m'aimera. Plus personne ne voudra me parler.

Alors je ne dis rien. Je garde mon secret en dedans de moi. Il devient tellement gros qu'il m'empêche de respirer.

4

Pour oublier

Pour oublier mon secret, je cours. Je cours dans la cour de l'école, au parc, sur le trottoir. Je gagne toutes les courses, mais je ne peux me sauver nulle part. Mon secret court aussi vite que moi. Il est dans mon ventre. Il me fait mal, de plus en plus mal. Je voudrais changer de peau comme on change de chandail. Je voudrais partir très loin et devenir une autre Nathalie...

Je me sens tellement sale en dedans de moi que je passe des heures et des heures dans le bain. Je prends des douches tellement longues qu'à la fin, il n'y a plus d'eau chaude.

Un jour, si je deviens une grande personne, j'inventerai un savon pour laver l'intérieur des gens. J'aimerais que mon secret tout sale et tout noir disparaisse dans le renvoi d'eau. J'aimerais redevenir belle et souriante comme avant... Comme avant...

5

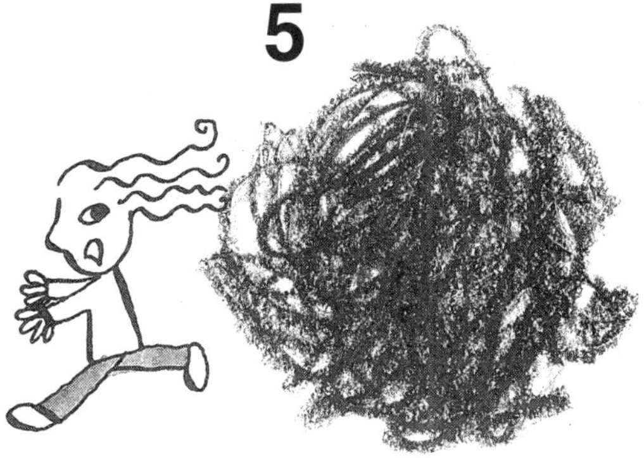

Les dessins

Dans mon cours d'arts plastiques, j'essaie de dessiner des oiseaux, des fleurs, des soleils. C'est impossible. Je dessine une petite fille qui se sauve d'un grand monsieur. En regardant mon dessin, je deviens enragée. Je barbouille le grand monsieur et je déchire la feuille pour ne pas qu'il attrape la petite fille. Je lance le monsieur par terre et je le piétine jusqu'à ce qu'il se déchire en morceaux. Mes amies me regardent en riant. Elles croient que je fais des blagues.

Je fais un autre dessin dans lequel il n'y a pas de monsieur. Je dessine seulement une petite fille avec la bouche grande ouverte. Elle crie, mais on n'entend rien parce que c'est seulement un dessin.

Madame Côté, le professeur d'arts plastiques s'approche et me demande :

— Nathalie, pourquoi as-tu déchiré ton dessin ?

— Pour... pour ne pas que le monsieur attrape la petite fille.

— Que fait la petite fille sur ton autre dessin ?

— Elle crie…

— Elle crie quoi ?

— Elle crie... un secret... un terrible secret !

La cloche de la récréation résonne.

Je laisse tomber mes crayons et je me sauve dans la cour de l'école. Je m'appuie contre la clôture. Je regarde les autres élèves rire et s'amuser.

6

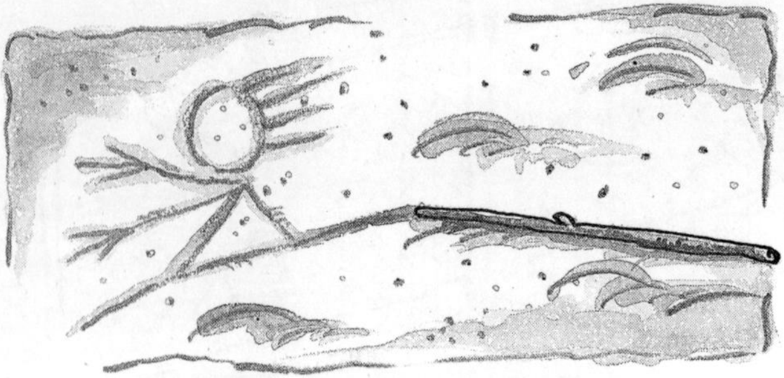

Les dessins sur le sable

Madame Côté vient me rejoindre. Elle est gentille. Elle me dit :

— Nathalie, tu fais de très beaux dessins.

— Heu… merci…

— J'aimerais que tu en fasses d'autres.

— Ah oui ?

— Oui…

— Quand ?

— Quand tu veux…

Je ne réponds pas. Je marche le long de la clôture. Madame Coté marche derrière moi. Elle répète :

— J'aimerais que tu m'en fasses d'autres parce que ce sont les plus beaux que j'aie vus.

Je m'assois par terre. Je prends un morceau de bois et j'essaie de dessiner quelque chose sur le sable. Ce quelque chose ressemble à une petite fille qui court sur de très hautes jambes.

— Raconte-moi l'histoire de cette petite fille que je ne connais pas, dit madame Côté.

— ... C'est l'histoire d'une petite fille qui... C'est l'histoire d'une petite fille qui fait des cauchemars. Elle se réveille chaque nuit parce que le plancher de sa maison craque.

— Le plancher craque ?

Je ne réponds pas. D'un coup de main, j'efface la petite fille et, en tremblant, je dessine un grand monsieur…

— La petite fille a peur d'un grand monsieur ?

En serrant les dents et en fermant les yeux pour ne pas voir ce que je fais, je dessine un grand monsieur dans le lit de la petite fille. La petite fille crie, mais on ne l'entend pas.

Madame Côté me dit :

— Tu dessines vraiment bien !

J'efface tout. Je dessine une petite fille, une maman et un monsieur. Je chuchote pour que personne n'entende :

— C'est l'histoire d'une maman qui a un nouvel amoureux… Souvent la nuit, le nouvel amoureux se lève… il marche... il va et vient dans la maison… il s'approche de la chambre de la petite fille... Elle tremble... Elle a peur. Elle se recroqueville dans son lit.

Je ne suis plus capable de parler. Les mots m'empêchent de respirer...

— Qu'est-ce qui arrive à la petite fille ?

J'avale un peu de salive, je dessine un grand lit et j'ajoute :

— La petite fille essaie de se cacher au fond de son lit pour ne pas entendre les mots que le monsieur murmure... Elle essaie de se boucher les oreilles avec les mains, avec les doigts... Elle entend quand même le monsieur qui approche pour lui donner des becs dans le cou.

Les mots refusent de sortir de ma bouche. J'ai peur. Je tremble. Madame Côté me prend dans ses bras. Elle me chuchote :

— N'aie pas peur, Nathalie... Qu'arrive-t-il ensuite à la petite fille que je ne connais pas ?

— Ensuite, le monsieur se couche près de la petite fille... il... il glisse ses mains sous le pyjama de la petite fille... il... il joue à l'amoureux avec la petite fille... Elle... elle essaie de penser à autre chose. Elle essaie d'imaginer un champ de fleurs avec un soleil, mais les fleurs et le soleil deviennent tout noirs.

Je ne suis plus capable de parler. Les mots ne passent plus dans ma gorge. Je me relève en tremblant. Une larme coule sur la joue de madame Côté. Moi, je n'ai plus de larmes. Je les ai toutes pleurées. J'ajoute :

— La petite fille ressemble à un casse-tête. Chaque fois que le monsieur vient la rejoindre dans sa chambre, il éparpille des morceaux. À la fin, la petite fille est devenue une boîte vide. Il n'y a plus rien dedans...

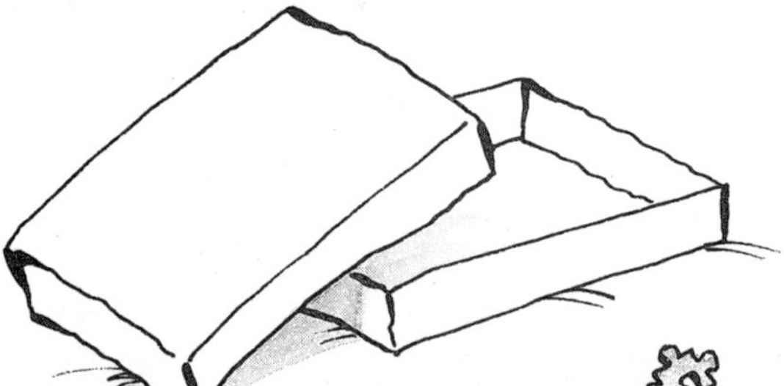

7

Les bosses

D'un coup de pied, j'efface mon dessin et je me sauve à l'autre bout de la cour. Je me lance contre la clôture. Je crie. Je hurle plus fort que la sonnerie qui annonce la fin de la récréation et je perds conscience.

Lorsque j'ouvre les yeux. La moitié des élèves de l'école m'entourent. J'entends mes amies demander :

— Nathalie, est-ce que quelqu'un t'as fait mal ? Pourquoi pleures-tu ? Pourquoi as-tu des bosses sur le front ?

Madame Côté répond :

— En jouant, Nathalie s'est frappé la tête contre la clôture !

Elle me donne la main et m'emmène vers l'infirmerie de l'école. En marchant dans le corridor, elle me demande :

— Nathalie, connais-tu la petite fille de ton histoire ?

— ... Oui...

— Est-ce qu'elle étudie ici, à l'école ?

— ... Oui...

— Est-ce une de mes élèves ?

— ... Oui...

— Est-ce que je lui tiens la main, présentement ?

Je ne réponds pas, mais je fais signe que oui avec ma tête. Madame Côté s'arrête en plein milieu du corridor. Elle se penche et me serre dans ses bras. J'éclate en sanglots.

Je pleure pendant de longues minutes. Puis, entre deux reniflements, je demande :

— Est-ce que maman va encore m'aimer ? Est-ce que je vais aller en prison ?

— Oui, ta mère va encore t'aimer... Mais non, tu n'iras pas en prison. Tu n'es coupable de rien...

En essuyant mes larmes, je répète : « Je ne suis coupable de rien... Je ne suis coupable de rien... »

8

Le secret partagé

Madame Côté essuie mes yeux. Puis elle me tend la main et nous nous dirigeons vers l'infirmerie.

Maintenant que j'ai partagé mon secret, on dirait qu'il s'est cassé en deux morceaux. Il est deux fois moins lourd à porter. Je vais le raconter à l'infirmière. Il sera quatre fois moins lourd. Ensuite, je le dirai à ma mère,

à mon père et aussi à mon grand-père qui m'appelle toujours « ma petite Nathalie chérie ». Mon secret sera douze fois moins lourd.

Puis je le dirai à Julie qui le dira à Chantal qui le dira à Julien et à Patrice... À la fin, mon secret deviendra aussi léger qu'un papillon...

En me rendant à l'infirmerie, je passe devant le local d'arts plastiques. J'ai hâte de dessiner une petite fille qui court dans un champ de fleurs sous un gros soleil jaune…

Je rêve du jour

Dans le récit de *La petite fille qui ne souriait plus*, Gilles Tibo décrit, avec discernement et avec une rare sensibilité, l'étouffement et l'enfermement de l'enfant victime d'abus sexuel.

La petite fille crie, mais on ne l'entend pas, écrit-il.

Ses cris sont muets. Nathalie a peur d'aller en prison si elle parle. Elle ne sait pas qu'elle est déjà emprisonnée ; elle le ressent confusément. Elle est bâillonnée, captive. La fillette tente, longtemps et désespérément, de fuir cette prison qui l'habite.

À combien de Monsieur Tremblay ou de Madame Gagnon a-t-elle essayé de confier, maladroitement et sans succès, son lourd secret ? « Pourquoi les adultes qui devinent toujours nos petites bêtises sont-ils si nuls à flairer nos gros tourments », semble-t-elle se dire.

Jusqu'à ce que la sensible et vigilante madame Côté, enseignante en arts plastiques, lui tende son oreille en forme de cœur...

En l'écoutant, en lui faisant comprendre simplement l'impossibilité de se libérer du joug qu'elle porte en elle-même, elle lui donne accès à la clé égarée : dévoiler le secret.

C'est dans la nature de la tortue de transporter sa maison sur son dos. Pas dans celle de l'enfant de porter sa geôle et son geôlier sur son cœur. Le nombre inquiétant de Nathalie que j'ai rencontrées, piégées et écrasées sous un tel fardeau, m'a parfois amenée à me demander si, à ce chapitre, il n'était pas passé dans la culture enfantine de se taire, dans notre culture adulte de s'aveugler.

Heureusement, le livre que vous avez entre les mains est porteur d'espoir.

Une confidence : je soupçonne Tibo d'avoir écrit ce petit roman par nécessité. Je sais combien l'homme (et le papa), dissimulé derrière Tibo le créateur, a été chamboulé lorsque nous avons travaillé ensemble à un ouvrage sur la prévention des abus sexuels commis sur les enfants[1].

Je me réjouis cher Gilles que ton trouble, au lieu d'être paralysant, ait été fécond jusqu'à donner vie à ta « petite fille qui ne souriait plus ».

Plus y aura d'informations limpides et de communications ouvertes sur ce triste sujet, fussent-elles romancées ou didactiques, structurées ou informelles, moins il y aura d'enfants brisés.

Je souhaite que *La petite fille qui ne souriait plus* suscite plein de moments privilégiés de partage entre grands et petits sur la délicate question des agressions sexuelles d'enfants. Tant et aussi longtemps que les prédateurs se sentiront protégés par un mur de silence et de tolérance, ils ne s'arrêteront pas.

Je rêve du jour où, n'ayant plus de proies, ils seront tous volontaires à se faire soigner.

Je rêve du jour où toutes les petites filles et tous les petits garçons soient assez libres, assez forts, et suffisamment aimés pour s'opposer à quiconque tenterait de les priver de leurs rires et de leur enfance.

Jocelyne Robert
pédagogue, sexologue et auteure

---

1. *Te laisse pas faire!* Les abus sexuels expliqués aux enfants, Éd. de l'Homme, 2000.

Gilles Tibo

Je ne suis ni pédagogue, ni professeur, ni un spécialiste des abus sexuels. Mais je suis un homme, un père et un écrivain conscient des horreurs que peuvent subir certains enfants. Les médias en font étalage chaque semaine, sinon chaque jour.

J'ai écrit ce livre, le cœur sur la main, en pensant tous ceux et celles qui vivent avec le fardeau de leur terrible secret. J'espère sincèrement que cette lecture favorisera les discussions entre parents, éducateurs et enfants. J'espère aussi bien naïvement, que ce petit livre, cette courte histoire permettra de prévenir certains drames et convaincra d'autres enfants de ne pas attendre trop longtemps avant de dévoiler les abus dont ils sont les innocentes victimes.

Achevé d'imprimé
sur les presses de AGMV-Marquis
en mars 2001